Règlement

DE

POLICE MUNICIPALE

POUR LA COMMUNE

DE MONTMARTRE.

BELLEVILLE,

IMPRIMERIE DE PRISSETTE, PASSAGE KUSNER, Nº 17.

Maison à Paris : passage du Caire, Nº 82.

1859.

RÈGLEMENT

Règlement

DE

POLICE MUNICIPALE

POUR LA COMMUNE

DE MONTMARTRE.

BELLEVILLE,

Imprimerie de PRISSETTE, passage Kusner, N° 17;
Maison à Paris : passage du Caire, N° 89.

—

1859.

DE MONTMARTRE.

ARRÊTÉ

DE

POLICE MUNICIPALE.

Nous, Maire de Montmartre;
Considérant qu'il importe de rappeler aux habitants les obligations qu'ils ont à remplir le plus habituellement pour l'exécution des lois et règlements dont la surveillance est confiée à l'autorité municipale;
Vu le décret du 14 décembre 1789;
La loi des 16-24 août 1790;
Les décrets des 19-22 juillet 1791;
Les articles 257-471-484 du Code pénal, arrêtons ce qui suit :

CHAPITRE Ier.

Du balayage et de la propreté de la Voie publique.

Art. Ier.

Les propriétaires ou locataires sont tenus de faire balayer complètement, chaque jour, la voie publique au devant de leurs maisons, boutiques, cours, jardins et autres emplacements.

Le balayage sera fait jusqu'aux ruisseaux dans les rues à chaussée fendue.

Dans les rues à chaussée bombée, le balayage sera fait jusqu'au milieu de la chaussée.

Les boues et immondices seront mis en tas; ces tas devront être placés de la manière suivante, selon les localités (1).

SAVOIR :

Dans les rues sans trottoirs, auprès des bornes; dans les rues à trottoirs, le long des ruisseaux du côté de la chaussée si la rue est à chaussée bombée, et le long des trottoirs si la rue est à chaussée fendue. Sur les boulevards extérieurs, ils seront placés en dehors et contre la deuxième rangée d'arbres, sur le bas-côté du boulevard où ils seront enlevés par l'entrepreneur du nettoiement de la commune.

Nul ne pourra pousser les boues et immondices devant la propriété de ses voisins.

____

(1) Voir page 46, l'arrêté municipal du 1er octob. 1858.

Art. 2.

Le balayage sera fait entre sept et huit heures du matin, depuis le 1er avril jusqu'au 1er novembre, et entre huit et neuf heures du matin depuis le 1er novembre jusqu'au 1er avril.

En cas de négligence, l'autorité municipale fera balayer d'office, aux frais des propriétaires ou locataires, sans préjudice des peines encourues.

Art. 3.

Dans les rues à chaussée bombée et sur les boulevards extérieurs, chaque propriétaire ou locataire doit tenir libre le cours du ruisseau au devant de sa maison ; dans les rues à chaussée fendue, il y pourvoira conjointement avec le propriétaire ou locataire qui lui fait face. Il est défendu d'entraver par des batardeaux ou autres moyens le cours des ruisseaux, même en cas de réparations ou constructions des bâtiments riverains.

Pour prévenir les inondations par suite de pluie ou de dégel, les habitants devant la propriété desquels se trouvent des grilles d'égout les feront dégager des ordures qui pourraient les obstruer ; ces ordures seront déposées aux endroits indiqués dans l'article 1er.

Art. 4.

Il est expressément défendu de jeter dans les égouts des urines, des boues et immondices solides, des matières fécales, et généralement tout corps ou matière pouvant obstruer ou infecter lesdits égouts.

ART. 5.

Il est expressément défendu de déposer dans les rues aucuns immondices, pailles et résidus quelconques de ménage, après le passage du tombereau destiné à leur enlèvement. Il est défendu, en outre, de faire ou déposer aucune ordure le long des murs ou propriétés publiques ou particulières, de les salir par des écritures ou dessins quelconques, et généralement de rien faire qui puisse nuire à la propreté de la voie publique.

ART. 6.

Il est également défendu de jeter des eaux sur la voie publique; ces eaux devront être portées au ruisseau pour y être versées de manière à ne pas incommoder les passants. Il est interdit d'y jeter des urines et d'autres eaux infectes

Les dispositions du présent article sont applicables aux personnes qui, par négligence ou autrement, laisseraient couler de l'eau sur la voie publique, en arrosant des fleurs.

ART. 7.

Il est également défendu de déposer sur la voie publique les bouteilles cassées, les morceaux de verre, de poterie, de faïence et de tous autres objets de même nature pouvant occasionner des accidents.

Ces objets devront être directement portés aux voitures de nettoiement et remis aux desservants de ces voitures.

Art. 8.

Il est défendu de rien jeter des habitations sur la voie publique.

Art. 9.

Dans le cas où des réparations à faire dans l'intérieur des maisons nécessiteraient le dépôt momentané de terres, sables, gravois et autres matériaux sur la voie publique, ce dépôt ne pourra avoir lieu que sous notre autorisation préalable.

La quantité des objets déposés ne devra jamais excéder le chargement d'un tombereau, et leur enlèvement complet devra toujours être effectué avant la nuit. Si par suite de force majeure cet enlèvement n'avait pu être opéré complètement, les terres, sables, gravois ou autres matériaux devront être suffisamment éclairés pendant la nuit.

Sont formellement exceptés de la tolérance ci-dessus : les terres, moellons ou autres objets provenant des fosses d'aisances ; ces débris devront être immédiatement emportés sans pouvoir jamais être déposés sur la voie publique.

En cas de contravention, l'autorité municipale fera faire d'office, et aux frais des contrevenants, l'enlèvement des dépôts, et au besoin l'éclairage, sans préjudice des peines encourues.

Art. 10.

Ceux qui transporteront des terres, sables, gravois, fumiers, litières et autres objets quelconques pouvant, par leur chute, salir la voie publique, devront charger leur voiture de manière que rien ne s'en échappe et ne puisse se répandre.

Le nettoiement des rues ou partie des rues salies par les voitures en surcharge, sera opéré d'office à la diligence de l'autorité municipale, aux frais des contrevenants et sans préjudice des peines encourues.

Art. 11.

Dans le temps des neiges et glaces, les propriétaires ou locataires sont tenus de faire balayer la neige et casser la glace au devant de leurs maisons, boutiques, cours, jardins et autres emplacements, jusqu'au milieu de la rue; ils mettront les neiges en tas Ces tas seront placés comme il est prescrit en l'article 1er.

En cas de verglas, ils doivent jeter au-devant de leurs habitations des cendres, du sable ou du mâchefer.

Art. 12.

Il est défendu de déposer dans les rues aucune neige et glace provenant des cours ou de l'intérieur des habitations.

Art. 13.

Il est défendu aux propriétaires ou entrepre-

neurs d'établissements, tels que teinturiers, blan-
chisseries, etc., qui emploient beaucoup d'eau,
de laisser couler sur la voie publique les eaux de
leurs établissements pendant les gelées.

Les contrevenants seront requis de faire briser
ou enlever les glaces provenant de leurs eaux;
faute par eux d'obtempérer à cette réquisition, il
y sera procédé d'office et à leurs frais, sans préjudice des peines encourues.

ART. 14.

Les concierges, portiers ou gardiens des établissements publics sont personnellement responsables de l'exécution des dispositions qui précèdent,
en ce qui concerne les établissements auxquels ils
sont attachés.

.CHAPITRE II.

De la Salubrité.

SECTION Ire.

DISPOSITIONS GÉNÉRALES.

ART. 15.

Les dépôts de boues, immondices et débris
d'animaux destinés à être vendus, devront être
éloignés de 250 mètres au moins des habitations(1)

---

(1) Voir page 46, l'arrêté municipal du 1er octob. 1858.

Art. 16.

Les dispositions prescrites par l'article précédent ne sont point applicables aux dépôts de fumier ordinaire de chevaux, de vaches et de moutons.

Art. 17.

Il est expressément défendu aux bouchers, charcutiers, marchands de vin et autres, de tuer sur la voie publique des animaux, tels que porcs, veaux, moutons, etc., et d'y laisser couler le sang ou les eaux sanguines provenant de l'abattis, qui ne pourra être fait que dans les lieux préalablement désignés à l'autorité municipale et agréés par elle.

Il est également défendu de brûler des porcs sur la voie publique.

<CO>

SECTION II.

DE LA CONSTRUCTION ET DE LA VIDANGE DES FOSSES D'AISANCES.

Art. 18.

A l'avenir, toutes les maisons neuves qui seront construites dans la commune devront être pourvues de latrines suffisantes à leurs habitants (1).

Art. 19.

Toutes les fosses d'aisances qui seront construi-

______

(1) Ordonnance de police du 1er décembre 1853.

tes sous les maisons neuves devront l'être conformément aux prescriptions de l'ordonnance
royale du 24 septembre 1819, rendue pour la
ville de Paris.

Art. 20.

Il en sera de même pour la reconstruction des
fosses d'aisances, lorsqu'elle deviendra nécessaire
dans les maisons existantes.

Art. 21.

Il est enjoint à tout propriétaire de faire procéder sans retard à la vidange des fosses d'aisances
lorsqu'elles seront pleines.

Les entrepreneurs pourvus d'une permission
délivrée par le Préfet de police, et d'une autorisation spéciale des maires, pour chaque ouverture de fosses, seront seuls admis à en opérer la
vidange.

Cette opération ne pourra avoir lieu que pendant la nuit, et au moyen de voitures pareilles
à celles que l'on emploie pour la ville de Paris,
et aux heures ci-après indiquées, savoir : du
1er octobre jusqu'au 31 mars, depuis 10 heures
du soir jusqu'à 8 heures du matin ; et depuis le
1er avril jusqu'au 30 septembre, depuis 11 heures
du soir jusqu'à 6 heures du matin. L'extraction
des matières ne pourra commencer avant l'arrivée
des voitures.

Art. 22.

Il est expressément défendu à tout entrepre-

neur de vidanges de déposer les matières dan
d'autres localités que celles désignées par l'autorité ; en cas de versement de matières sur la voie
publique, l'entrepreneur fera procéder immédiatement à leur enlèvement et au lavage du sol ;
et, faute par lui de se conformer aux dispositions du présent article, il y sera pourvu d'office
et à ses frais.

ART. 23.

En ce qui concerne la salubrité et toutes autres
mesures, l'entrepreneur sera tenu de se conformer en tous points aux dispositions de l'ordonnance de police du 3 juin 1834, relative à la
ville de Paris.

CHAPITRE III.

De la sûreté et de la liberté de la circulation.

SECTION Ire.

CONSTRUCTIONS, RÉPARATIONS ET DÉMOLITIONS DES
BATIMENTS RIVERAINS DE LA VOIE PUBLIQUE,
DÉPÔT DE MATÉRIAUX (1).

ART. 24.

Il est défendu de procéder à aucune fouille,

---

(1) Voir, page 48, l'arrêté municipal du 1er octobre 1858
et l'arrêté réglementaire des droits de voirie du 20 juin 1857.

construction ou réparation des murs de face ou
de clôture des bâtiments et terrains riverains de
la voie publique, sans en avoir obtenu la permission de l'autorité municipale (1).

Art. 25.

Dans le cas de fouille, construction ou de réparation, on ne devra commencer les travaux
qu'après avoir établi, à la saillie déterminée par
la permission, une barrière en charpente et
planches, ayant au moins trois mètres de hauteur.
Les portes de ces barrières devront être fermées
chaque jour au moment de la cessation des
travaux.

Dans les cas de simple réparation, on pourra
en être dispensé, s'il y a lieu, par l'autorité municipale.

Art. 26.

Les échafauds servant aux constructions seront établis avec solidité, et disposés de manière
à prévenir la chute des matériaux et gravois sur
la voie publique.

Ils devront monter de fond, et, si les localités ne le permettent pas, ils seront établis en
bascule à quatre mètres au moins du sol de la
rue.

Il est défendu de les faire porter sur des
écoperches ou boulins, arc-boutés au pied
des murs de face dans la hauteur du rez-de-
chaussée.

(1) Arrêté municipal du 25 octobre 1858.

Art. 27.

Les barrières et les échafauds montant de fond, au-devant desquels il n'existera pas de barrières, seront éclairés aux frais et par les soins des propriétaires et des entrepreneurs.

L'éclairage sera fait au moyen d'un nombre suffisant d'appliques, dont une à chaque angle des extrémités, pour éclairer les parties en retour. Ces appliques devront être allumées à la tombée de la nuit et brûler jusqu'au retour du jour.

Art. 28.

Les travaux seront entrepris immédiatement après l'établissement des échafauds et barrières, et devront être continués sans interruption, à l'exception des dimanches et jours fériés, pendant lesquels lesdits travaux seront facultatifs.

Dans le cas où l'interruption durerait plus de huit jours, les propriétaires et entrepreneurs seront tenus de supprimer les échafauds, et de reporter les barrières à l'alignement des maisons voisines, ou de se pourvoir d'une autorisation spéciale pour les conserver.

Art. 29.

Il est défendu aux entrepreneurs-maçons, couvreurs, fumistes et autres, de jeter sur la voie publique, les recoupes, plâtras, tuiles, ardoises et autres résidus des ouvrages.

Art. 30.

Tous entrepreneurs-maçons , couvreurs , fumistes, badigeonneurs, plombiers, menuisiers et autres, exécutant ou faisant exécuter , aux maisons et bâtiments riverains de la voie publique, des ouvrages pouvant faire craindre des accidents, ou susceptibles d'incommoder les passants, seront tenus, s'il n'y a point de barrières au-devant des maisons et des bâtiments, de faire stationner dans la rue pendant l'exécution des travaux , un ou deux ouvriers âgés de 18 ans au moins, munis d'une règle de deux mètres de longueur, pour arrêter et éloigner les passants.

Art. 31.

Dans les quarante-huit heures qui suivront la suppression des échafauds et barrières , les propriétaires et entrepreneurs feront réparer à leurs frais les dégradations du pavé résultant de la pose des barrières et échafauds.

Art. 32.

Il est défendu de battre du plâtre sur la voie publique, et de l'y faire pulvériser par les chevaux et voitures.

Art. 33.

Il est défendu de procéder à la démolition d'aucun édifice donnant sur la voie publique sans l'autorisation du maire.

ART. 34.

Avant de commencer une démolition, le propriétaire et l'entrepreneur feront établir les barrières et les échafauds qui seront jugés nécessaires, et prendront toutes autres mesures que l'administration leur prescrira, dans l'intérêt de la sûreté publique.

Il sera pourvu, pendant la nuit, à l'éclairage des échafauds et barrières, ainsi qu'il est dit en l'article 27.

ART. 35.

La démolition devra s'opérer au marteau, sans abattages et en faisant tomber lés matériaux dans l'intérieur des bâtiments.

ART. 36.

Dans le cas où le barrage de la rue serait indispensable, le propriétaire et l'entrepreneur ne devront point l'effectuer sans l'autorisation du maire.

ART. 37.

Les matériaux de toute espèce, provenant de la démolition, ne seront déposés sur la voie publique qu'au fur et à mesure de leur enlèvement, et ne devront, sous aucun prétexte, y rester en dépôt pendant la nuit.

ART. 38.

Les barrières établies au devant des démolitions

seront supprimées dans les vingt-quatre heures qui suivront l'achèvement des travaux.

Les remblais et nivellement seront faits dans le même délai.

Art. 39.

Il est défendu de former sur la voie publique des chantiers ou ateliers pour l'approvisionnement et la taille des matériaux.

Il pourra toutefois être accordé des autorisations pour déposer sur la voie publique des matériaux destinés à des constructions d'aqueducs, égouts, trottoirs et autres établissements à faire sur le sol même de la voie publique.

Art. 40.

Les matériaux transportés sur le lieu des constructions seront rentrés dans l'intérieur des emplacements où l'on construit, au fur et à mesure du déchargement, sans qu'on puisse en laisser en dépôt sur la voie publique pendant la nuit.

Art. 41.

Cependant, si par suite de circonstances imprévues, des matériaux devaient rester la nuit sur la voie publique, les propriétaires et entrepreneurs seront tenus d'en donner avis à l'autorité municipale, de pourvoir à l'éclairage des matériaux, et de prendre toutes les mesures de précaution nécessaires.

Art. 42.

Il est défendu à tous carriers, voituriers et autres, de décharger et faire décharger sur la voie publique, après la retraite des ouvriers, aucune voiture de pierres de taille ou moellons.

SECTION II.

RUES ET PORTIONS DE RUES PAVÉES ET NON PAVÉES

A LA CHARGE DES PARTICULIERS.

Art. 43.

Il est enjoint aux propriétaires des maisons et terrains bordant les rues ou portions de rues pavées, et dont l'entretien est à leur charge, de faire réparer, chacun devant sa propriété, les dégradations de pavé, et d'entretenir constamment en bon état le pavé desdites rues (1).

Art. 44.

Il est enjoint à tous propriétaires de maisons et terrains situés le long des rues non pavées ou portions de rues non pavées, communales ou autres, de faire combler, chacun au droit de soi, les excavations, enfoncements et ornières, enlever les dépôts de fumier, gravois, ordures et immondices, et de faire, en un mot, toutes les dispositions convenables pour que la liberté, la

---

(1) Arrêté municipal du 25 décembre 1857.

sûreté de la circulation et la salubrité ne soient pas compromises.

Ils sont tenus d'entretenir constamment en bon état le sol desdites rues, et de conserver ou rétablir les pentes nécessaires pour procurer aux eaux un écoulement facile.

Les rues non pavées, qui deviendront impraticables pour les voitures, seront barrées, de manière que tous accidents soient prévenus.

Dans le cas où les dégradations auraient été commises par des propriétaires d'exploitations ou entreprises industrielles désignées en l'article 7 de la loi du 28 juillet 1824, tout recours est réservé contre eux aux propriétaires riverains.

SECTION III.

FOUILLES ET TRANCHÉES SUR LA VOIE PUBLIQUE, ENTRETIEN DES CONDUITES D'EAUX ET AUTRES, APPARTENANT AUX PARTICULIERS.

Art. 45.

Il est défendu, à qui que ce soit, de faire aucune fouille et tranchée dans le sol de la voie publique, sans une autorisation spéciale du maire.

Art. 46.

Les propriétaires des conduites particulières

d'eau et de gaz, s'il y a lieu, et leurs entrepreneurs seront tenus, dans le cas de rupture des conduites, de mettre des ouvriers en nombre suffisant pour que les réparations en soient effectuées dans les vingt-quatre heures des avertissements qu'ils auront reçus des agents de l'administration et même de tout particulier.

Ils seront tenus provisoirement d'arrêter et faire arrêter sur-le-champ le service desdites conduites, et de pourvoir à la sûreté de la voie publique, soit en comblant les excavations, soit en les entourant de barrières, en les éclairant pendant la nuit, et en y posant au besoin des gardes.

ART. 47.

Ils feront les dispositions convenables pour que moitié au moins de la largeur des rues où ils travailleront soient réservée à la circulation, et qu'il ne puisse y arriver d'accidents.

ART. 48.

Les fouilles et tranchées seront remblayées, autant que faire se pourra, au fur et à mesure de l'exécution des ouvrages.

ART. 49.

Les terres de remblais seront pilonnées avec soin pour prévenir les affaissements, et le pavé sera bloqué de telle sorte qu'il se maintienne partout à la hauteur du pavé environnant.

Les terres et gravois qui ne pourront être employés dans les remblais seront enlevés immédiatement après le blocage du pavé.

Art. 50.

Les propriétaires et entrepreneurs feront raccorder le pavé dans les quarante-huit heures qui suivront la réparation des conduites.

Ils sont tenus néanmoins d'entretenir les blocages en bon état, et de pourvoir à la sûreté publique jusqu'à ce que les raccordements aient été effectués.

SECTION IV.

DÉPÔTS DE MEUBLES, MARCHANDISES, VOITURES, ETC.

Art. 51.

Il est défendu de déposer sans nécessité et de laisser sans autorisation sur la voie publique, des meubles, caisses et autres objets.

Art. 52.

Il est également défendu, même sous prétexte de commerce, de placer devant les portes de maisons, des tables, bancs, chaises, etc., etc.

Art. 53.

Les voitures de toutes espèces, suspendues ou

non suspendues , chariots , charrettes , haquets , tonneaux à l'eau, etc. , devront être remisés pendant la nuit dans des emplacements hors de la voie publique.

Art. 54.

Il est défendu de laisser des échelles sur la voie publique, pendant la nuit, lors même qu'elles y seraient enchaînées.

Art. 55.

Des voitures, meubles, marchandises et tous autres objets, laissés pendant la nuit sur la voie publique, par impossibilité notoire de les rentrer dans l'intérieur des propriétés, seront éclairés aux frais et par les soins de ceux auquels ils appartiennent ou auxquels ils auraient été confiés, en se conformant à ce qui est prescrit par l'article 27.

-c⊙o-

SECTION V.

TRAVAUX ET JEUX.

Art. 56.

Il est défendu aux maréchaux-ferrans, layetiers, emballeurs, serruriers, tonneliers et autres, de travailler et faire travailler sur la voie publique (1).

---

(1) Voir, pages 49 et 50, l'arrêté municipal du 1er octobre 1858.

Art. 57.

Les jeux de palets, de tonneaux, de siam, de boules, quilles, et tous autres susceptibles de gêner la circulation et d'occasionner des accidents, sont interdits sur la voie publique.

Art. 58.

Il est défendu de brûler de la paille sur la voie publique, de tirer des armes à feu, des pétards, des fusées et autres pièces d'artifices, dans l'intérieur des propriétés, sur les routes et chemins publics, dans les terrains qui avoisinent les maisons, ainsi qu'auprès des meules de grains ou de fourrages, et d'autres matières combustibles (1).

◇◇

SECTION VI.

PROMENADES PUBLIQUES NON CLOSES ET FONTAINES.

Art. 59.

Il est défendu de jeter des pierres ou bâtons dans les arbres, d'y suspendre des écriteaux, enseignes, lanternes, et autres objets et d'y tendre des cordes pour y faire sécher le linge, des étoffes ou autres choses, d'y attacher des animaux; enfin, de rien faire qui soit susceptible de nuire à la liberté et à la sûreté de la circulation et à la conservation des plantations.

---

(1) Ordonnance de police du 7 juin 1856.

3

Ar. 60.

Il est défendu d'arracher et de dégrader les barrières, poteaux, dalles, bornes, et généralement tous les objets quelconques établis pour la sûreté, l'utilité, la décoration et l'agrément des places, rues et promenades de la commune.

Art. 61.

Nul ne pourra établir sans permission des échoppes, baraques, ni faire aucune construction fixe ou mobile, dans les rues, places et promenades de la commune.

Art. 62.

Il est défendu de laver du linge dans les fontaines publiques et abreuvoirs, d'y jeter des pierres et immondices ou autres objets de nature à troubler ou à corrompre la pureté des eaux.

◇◇

SECTION VII.

SAILLIES SUR LA VOIE PUBLIQUE, AUVENTS, ETC.

Art. 63.

Il est défendu à tous propriétaires, locataires, entrepreneurs, ou autres, d'établir et de faire établir aucun objet en saillie sur la voie publique, sans avoir obtenu la permission du maire.

Art 64.

Les permissions seront délivrées sans frais, sur la demande des parties intéressées.

Art. 65.

Les dimensions des saillies à établir seront réglées d'après les dispositions des articles 3 et 4 de l'ordonnance royale du 25 décembre 1823, rendue pour la ville de Paris.

DISPOSITIONS

Relatives à chaque espèce de saillie.

—

BARRIÈRES AU-DEVANT DES MAISONS.

Art. 66.

Il est défendu d'établir des barrières fixes audevant des maisons et de leurs dépendances, quelles qu'elles puissent être, tant dans les rues et places que sur les boulevards, à moins qu'elles ne soient reconnues nécessaires à la propreté et qu'elles ne gênent point la circulation.

La saillie de ces barrières ne pourra, dans aucun cas, excéder un mètre et demi (1).

Art. 67.

Les propriétaires auxquels il aura été accordé

---

(1) Voir l'arrêté réglementaire des droits de voirie, en date du 30 juin 1857.

la permission d'établir des barrières seront obligés de les maintenir en bon état.

BANCS, PAS, MARCHES, PERRONS, BORNES.

ART. 68.

Il ne sera permis de placer des bancs au-devant des maisons que dans des rues de dix mètres de largeur et au-dessus. Ces bancs seront en pierre et ne dépasseront pas l'aglignement de la base des bornes.

ART. 69.

Il est défendu de construire des perrons en saillie sur la voie publique.

Les perrons actuellement existants seront supprimés, autant que faire se pourra, lorsqu'ils auront besoin de réparations.

Il ne sera accordé de permission que pour les pas et marches lorsque les localités l'exigeront. Ces pas et marches ne pourront dépasser l'alignement de la base des bornes. En cas d'insuffisance de cette saillie, le propriétaire rachètera la différence du niveau, en se retirant sur lui-même.

ART. 70.

Il est permis d'établir des bornes aux angles saillants des maisons formant encoignures de rue ; mais, lorsque ces encoignures seront disposés en pan coupé de soixante centimètres au moins,

et d'un mètre au plus de largeur, une seule borne
sera placée au milieu du pan coupé.

———

GRANDS BALCONS.

ART. 71.

Les permissions d'établir de grands balcons ne
sont accordées que dans les rues de dix mètres
de largeur et au-dessus, ainsi que dans les places
et carrefours, et ce d'après une enquête de *commodo et incommodo*.

S'il n'y a point d'opposition, les permissions
seront délivrées; en cas d'opposition, il sera statué par qui de droit.

Dans aucun cas les grands balcons ne pourront
être établis à moins de six mètres du sol de la
voie publique.

———

AUVENTS ET CORNICHES DE BOUTIQUES.

ART. 72.

Il est défendu de construire des auvents et
corniches en plâtre au-dessus des boutiques;
il ne pourra en être établi qu'en bois, avec la
faculté de les revêtir extérieurement de métal;
toute autre manière de les couvrir est prohibée.

Les auvents et corniches en plâtre actuellement établis au-dessus des boutiques ne pourront être réparés; ils seront démolis lorsqu'ils auront besoin de réparations, et ne seront rétablis qu'en bois.

***

ENSEIGNES.

ART. 73.

Aucuns tableaux, enseignes, montres, étalages et attributs quelconques, ne seront suspendus, attachés ni appliqués soit aux balcons, soit aux auvents. Dans le cas contraire, *leurs dimensions seront déterminées, au besoin, suivant la localité.*

Il pourra néanmoins être placé sous les auvents des tableaux ou plafonds en bois, pourvu qu'ils soient posés dans une direction inclinée.

Tout étalage formé de pièces d'étoffes déposées en draperies et guirlandes et formant saillie, est interdit au rez-de-chaussée. Il ne pourra descendre qu'à trois mètres du sol de la voie publique. Tout crochet destiné à soutenir des viandes en étalage devra être placé de manière que les viandes ne puissent excéder le nu des murs de face, ni faire aucune saillie sur la voie publique.

***

TUYAUX DE POÊLES ET CHEMINÉES.

ART. 74.

A l'avenir, et pour toutes les maisons de construction nouvelle, aucun tuyau de poêle ne pourra déboucher sur la voie publique.

Dans l'année de la publication du présent arrêté, les tuyaux de poêles crêtés et autres, qui débouchent actuellement sur la voie publique, seront supprimés s'il est reconnu qu'ils puissent avoir une issue intérieure. Dans le cas où la suppression ne pourrait avoir lieu, ces mêmes tuyaux seraient élevés jusqu'à l'entablement avec les précautions nécessaires pour assurer leur solidité et empêcher l'eau rousse de tomber sur les passants.

Art. 75.

Les tuyaux de cheminées en maçonnerie et en saillie sur la voie publique seront démolis et supprimés lorsqu'ils seront en mauvais état, ou que l'on fera de grosses réparations dans les bâtiments auxquels ils sont adossés.

Les tuyaux de cheminée en tôle, en poterie et en grès, ne pourront être conservés extérieurement sur la voie publique sous aucun prétexte.

BANNES.

Art. 76.

La permission d'établir des bannes ne sera donnée que sous la condition de les placer à trois mètres au moins au-dessus du sol dans sa partie la plus basse, de manière à ne pas gêner la circulation. Leurs supports seront horizontaux.

Elles n'auront de joues qu'autant que les localités le permettront, et les dimensions en seront déterminées par l'autorité.

Les bannes devront être en toile ou en coutil, et ne pourront, dans aucun cas, être établies sur châssis.

La saillie des bannes ne pourra excéder un mètre cinquante centimètres.

Dans l'année de la présente publication, toutes les bannes qui ne seront pas conformes aux conditions exigées plus haut seront changées, réduites ou supprimées.

Art. 77.

Les bannes ne seront mises en place qu'au moment où le soleil donnera sur les boutiques qu'elles seront destinées à abriter. Elles seront ôtées aussitôt que les boutiques ne seront plus exposées aux rayons du soleil, à moins qu'il soit reconnu qu'elles ne gênent point la circulation.

ÉVIERS ET CONDUITS D'EAU.

Art. 78.

Les éviers et conduits pour l'écoulement des eaux ménagères ou pluviales seront permis, sous la condition expresse que leur orifice extérieur ne s'élèvera pas à plus d'un décimètre au-dessus du pavé de la rue (1).

Les propriétaires d'éviers ou conduits actuelle-

----

(1) Voir, pages **51** et **52**, l'arrêté municipal du 1er octobre 1858.

ments existants, qui ont leur orifice à plus d'un décimètre du sol, devront, dans un délai de trois mois de la publication du présent arrêté, les faire rétablir conformément à ce qui vient d'être prescrit.

CUVETTTES.

ART. 79.

A l'avenir et dans toutes les maisons de construction nouvelle, il ne pourra être établi en saillie sur la voie publique aucune espèce de cuvettes pour l'écoulement des eaux ménagères des étages supérieurs.

Dans les maisons actuellement existantes, les cuvettes placées en saillie seront supprimées lorsqu'elles auront besoin de réparation, s'il est reconnu qu'elles puissent être établies à l'intérieur. Dans le cas contraire elles seront disposées, autant que faire se pourra, de manière à recevoir les eaux intérieurement, et garnies de hausses pour prévenir le déversement des eaux et toute éclaboussure au-dessous.

CONSTRUCTIONS EN ENCORBELLEMENT.

ART. 80.

A l'avenir il ne sera permis aucune construction en encorbellement, et la suppression de celles qui existent aura lieu toutes les fois qu'elles seront dans le cas d'être réparées.

5.

CORNICHES OU ENTABLEMENTS.

Art. 81.

Les entablements et corniches en plâtre au-dessus de seize centimètres de saillie seront prohibés dans toutes les constructions en bois.

Il ne sera permis d'établir des corniches ou entablements de plus de seize centimètres de saillie qu'aux maisons construites en pierre ou moellons, sous la condition que ces corniches seront garnies de ferrements suffisants pour en assurer la solidité, et que la saillie n'excédera dans aucun cas l'épaisseur du mur à sa sommité.

On pourra permettre des corniches ou entablements en bois sur les pans de bois.

GOUTTIÈRES SAILLANTES.

Art. 82.

Les gouttières saillantes seront supprimées en totalité dans le délai d'une année à partir de la publication du présent arrêté.

DEVANTURES DE BOUTIQUES.

Art. 83.

Les devantures de boutiques, montres, bustes, reliefs, tableaux, enseignes et attributs fixes dont la saillie excède celle indiquée par l'article 65 du présent arrêté, seront réduits à cette saillie lorsqu'il y sera fait quelques réparations.

LANTERNES, TRANSPARENTS ET ENSEIGNES MOBILES.

ART. 84.

A l'avenir les lanternes, transparents et enseignes mobiles ne pourront être suspendus à des potences au moyen de cordes et poulies ; ils seront accrochés aux potences par des anneaux et crochets en fer ou supportés par des tringles en fer contenues dans les coulisses et arrêtées avec serrures ou cadenas.

Les transparents actuellement munis de cordes et poulies seront établis conformément aux dispositions ci-dessus lorsqu'ils seront renouvelés.

Les lanternes et autres objets placés au milieu des rues, boulevards et passages, pour annoncer les établissements publics, pourront être tolérés moyennant qu'ils ne nuiront point à l'éclairage communal, mais à la charge par les propriétaires, de les suspendre à des tentures en chaîne de fer pareilles à celles adoptées pour l'illumination publique.

POTS DE FLEURS (1).

ART. 85.

Il est défendu à tous propriétaires ou loca-

---

(1) Voir, page 49, l'arrêté municipal du 1er octobre 1858.

taires de déposer, sous aucun prétexte, et de laisser déposer sur les toits, entablements, gouttières, terrasses, murs et autres lieux élevés des maisons, des caisses, pots à fleurs, vases et autres objets pouvant nuire par leur chute.

On ne pourra former de dépôts de cette espèce que sur les grands balcons et sur les appuis de croisées garnies de petits balcons en fer ou de barres de support en fer avec grillages en fil de fer maillé.

ÉTALAGES.

ART. 86.

Les étalages formés de tonneaux, caisses, tables, bancs, châssis, meubles, étagères et autres objets journellement déposés sur le sol de la voie publique, au-devant des boutiques, sont expressément interdits.

ART. 87.

Il est défendu d'établir en saillie sur la voie publique des décrottoirs au-devant des maisons et boutiques.

DISPOSITIONS GÉNÉRALES.

ART. 88.

Le pavé de la voie publique dégradé ou dérangé à l'occasion des établissements, réparations, changements ou suppressions de saillies, sera rétabli aux frais des propriétaires, locataires ou entrepreneurs.

ART. 89.

Les permissions délivrées en vertu des articles qui précèdent seront accordées sans que les impétrants *p*uissent en induire un droit de concession de propriété ni de servitude sur la voie publique, mais à la charge, au contraire, de réduire ou supprimer les saillies au premier ordre de l'autorité, sans pouvoir prétendre à aucune indemnité.

ART. 90.

Les propriétaires, locataires et les entrepreneurs sont responsables, chacun pour ce qui le concerne, des contraventions aux dispositions comprises dans la section n° 7.

SECTION VIII.

DISPOSITIONS GÉNÉRALES.

ART. 91.

Il est défendu de dégrader, détruire ou enlever les barrières, pieux, échafauds et reverbères, appliques ou lampions, et tous objets généralement quelconques, établis par l'autorité ou par des particuliers, en exécution des articles qui précèdent.

Art. 92.

Aucun four ou forge ne pourra être construit sans l'autorisation écrite du maire, qui ne la délivrera qu'après l'examen des lieux et après avoir entendu, si besoin est, les dires et observations des voisins.

Art. 93.

Les dispositions de l'article qui précède sont applicables aux fours à plâtre et à chaux ; en outre, ceux-ci ne pourront jamais être contigus à la voie publique. Ceux qui existent actuellement dans cette position devront être supprimés dans le délai de trois mois à dater de la publication du présent arrêté.

Art. 94.

Il est enjoint aux propriétaires ou locataires de veiller à ce que les caves donnant sur les rues ou passages soient exactement fermées, et de prendre les précautions nécessaires pour la sûreté publique.

Art. 95.

Les propriétaires et locataires seront tenus de faire fermer chaque soir les portes de leurs maisons et habitations depuis onze heures du soir jusqu'au jour

Les impasses et terrains vagues servant de passage devront être également clos pendant le même temps (1).

Il en sera de même des exploitations de pierre

---

(1) Ordonnance de police du 20 décembre 1856 et arrêté municipal du 1er mars 1855.

à plâtre, carrières, fours, etc., qui devront être constamment enclos par des murs, palissades ou barrières, dont les portes seront fermées chaque soir à la chute du jour.

Art. 96.

Les puits qui se trouvent établis dans des terrains non clos doivent être fermés solidement, pour prévenir tout accident.

Tous les puits existants dans la commune doivent être constamment garnis de seaux et cordes pour porter secours en cas d'incendie.

Art. 97.

Aucune voiture circulant dans l'intérieur de la commune ou sur les routes qui en dépendent, ne pourra être conduite par des individus âgés de moins de dix-huit ans (1).

Art. 98.

Il est défendu aux charretiers à plâtre, gravatiers ou autres, et à tous conducteurs de voitures à bras et marchands ambulants, quels qu'ils soient, de laisser stationner leurs voitures sur la voie publique, et notamment sur les rues et chemins communaux qui avoisinent les barrières.

Art. 99.

Toutes les fois que la sûreté et la liberté de la voie publique seront compromises soit par refus de satisfaire aux obligations imposées, soit par

---

(1) Voir, page 51, l'arrêté municipal du 1er octobre 1858.

négligence, l'autorité municipale prendra administrativement, aux frais des contrevenants, les mesures nécessaires à l'e fet de prévenir les accidents.

Art. 100.

Dans le cas où des matériaux et autres objets resteraient indûment déposés sur la voie publique, ils seront immédiatement enlevés à la diligence de l'autorité municipale et transportés provisoirement aux lieux de dépôts à ce destinés.

Si les propriétaires sont connus, sommation leur sera faite de retirer lesdits objets dans le délai fixé par la sommation, tous frais faits par l'administration préalablement payés.

Si les propriétaires sont inconnus, ou s'il n'a pas été déféré aux sommations, ces objets seront dès lors considérés comme abandonnés, et seront vendus à la conservation des droits de qui il appartiendra.

CHAPITRE IV.

Obligations particulières à l'exercice de certaines professions.

Art. 101 (1).

Il est défendu aux limonadiers, traiteurs marchands de vin, cabaretiers et autres, de recevoir chez eux aucune personne et d'y donner à boire

---

(1) Ordonnance de police du 31 octobre 1858, sur la fermeture des établissement publics.

rès onze heures du soir et pendant la nuit.
orsque des noces, bals et repas de corps donnés
ans des établissements publics devront se pro-
nger pendant la nuit ou seulement au-delà de
heure fixée pour leur clôture, les propriétaires
e ces établissements devront se munir de l'auto-
sation du maire (1). Cette permission leur sera
élivrée gratuitement.

ART. 102.

Il est expressément défendu, sous les peines
ortées par l'article 334 du Code pénal, aux caba-
etiers, aubergistes, marchands de vin et autres,
e faciliter la débauche dans leurs établissements,
n offrant des cabinets et chambres particulières
ù se rendent les filles publiques pour se livrer à
a prostitution.

ART. 103.

Défense expresse est faite aux blanchisseurs,
orgerons, tonneliers, chaudronniers, ferblan-
ers, batteurs de tapis, et autres professions
ruyantes et à marteau, de travailler à d'autres
eures que celles ci-après indiquées : à partir du
er octobre au 1er avril de chaque année, depuis
ix heures du matin jusqu'à neuf heures du soir;
t pendant les six autres mois de l'année, depuis
inq heures du matin jusqu'à la nuit.

ART. 104.

Nul ne peut exercer la profession de logeur s'il

---

(1) Cette autorisation est délivrée par M. le Commissaire
e police aux termes d'une circulaire préfectorale du
1 janvier 1837.

n'est muni d'une permission spéciale qui sera délivrée par le maire (1).

ART. 105.

Les aubergistes, maîtres d'hôtel et logeurs en
garni , sont tenus d'inscrire sur un registre timbré
les noms de toutes les personnes qu'ils logeront.
Ce livre devra être visé une fois au moins chaque
mois à la mairie.

Il leur est enjoint d'avoir à la porte extérieure
de leur maison une enseigne ou tableau indiquant
leurs noms et professions.

ART. 106 (2).

Il est défendu à tous chefs d'établissement. de
quelque nature qu'il soit, d'employer des ouvriers
qui ne seront pas pourvus de livrets, comme aussi
de les loger sans en avoir fait la déclaration à
l'autorité municipale.

ART. 107.

Les porteurs d'eau sont tenus de rentrer chaque
soir leurs tonneaux pleins d'eau pour porter secours au besoin (3).

ART. 108.

Il est défendu aux garçons boulangers de se

---

(1) La profession de logeur est réglémentée par l'ordonnance de police du 15 juin 1832.

(2) Ordonnance de police du 15 octobre 1855.

(3) Arrêté municipal du 10 juillet 1855.

montrer en public avec une simple cotte ; ils devront être vêtus d'une manière décente.

Même injonction est faite aux batteurs de plâtre et aux garçons bouchers. Ces derniers ne devront, dans aucun cas, traverser la voie publique avec des habits de travail tachés de sang.

CHAPITRE V.

De l'exécution du présent.

Art. 109.

Toutes les contraventions au présent arrêté seront constatées par des procès-verbaux ou rapports et déférées aux tribunaux, conformément aux lois, sans préjudice de la responsabilité civile dans les cas qui la comportent.

Ces contraventions, prévues par les articles 257, 471 et suivants du Code pénal, sont punies d'une amende, et, en cas de récidive, de la prison, et en outre les délinquants seront toujours condamnés au paiement des frais.

Art. 110.

Toutes les dispositions qui précèdent sont applicables aux propriétaires ou locataires des passages publics et à ciel ouvert existants sur des propriétés particulières.

Art. 111 et dernier.

Le présent arrêté sera imprimé, publié et affiché dans toute la commune.

Ampliation en sera adressée à M. le juge de paix du canton de Neuilly, chargé de prononcer sur les contraventions.

MM. les adjoints, M. le commandant de la gendarmerie et les gardes champêtres sont chargés, chacun en ce qui le concerne, d'assurer l'exécution du présent.

A Montmartre, le 1er août 1835.

Le Maire,

VÉRON.

EMPIRE FRANÇAIS.

MAIRIE DE MONTMARTRE.

ARRÊTÉ

CONCERNANT LA POLICE MUNICIPALE,

Exécutoire aux termes de l'art. 11 de la loi du 18 juillet 1837.

Le Maire de ville de Montmartre, Commandeur
le l'Ordre impérial de la Légion-d'Honneur, etc.,

Vu la loi des 16-24 août 1790, titre XI; les lois
les 19-22 juillet et 6 novembre 1791, du 18 juillet
1837, du 10 juin 1853, les art. 471 et suivants du
Code pénal ;

Attendu que les arrêtés spéciaux rendus sur la
Police municipale dans la ville de Montmartre, et
notamment le règlement du 1er août 1835, présentent des omissions et des lacunes qu'il importe
de combler dans l'intérêt de la sûreté et de la
salubrité publiques ;

Attendu qu'il est également nécessaire et utile dans un but d'ordre général de rendre applicables à la ville de Montmartre les dispositions de plusieurs ordonnances de M. le Préfet de Police, concernant la sûreté des individus comme celle des habitations, la liberté de circulation sur la voie publique et la salubrité dans Paris ;

ARRÊTE CE QUI SUIT :

SECTON 1re.

Salubrité.

ARTICLE PREMIER. Il est défendu de faire aucun dépôt de fumier ou immondices quelconques à l'intérieur des maisons, cours, jardins, hangards, etc. Les dépôts, dans tous les cas, devront être enlevés à la première réquisition de l'autorité locale ou de ses agents ; en cas de refus, il sera pourvu à leur enlèvement d'office, par les soins de l'Administration municipale et aux frais de qui de droit (Ordonnance de police du 1er septembre 1853).

ART. 2. Il est enjoint à tous les marchands de vins et débitants de boissons d'établir, soit à la porte, soit à l'intérieur de leur établissement, des cuvettes urinoirs ou des urinoirs en pierre de lave avec cuiller en pierre et gargouille pour conduire les urines au ruisseau. Ces urinoirs devront, en tout temps, être lavés plusieurs fois par jour, passés au chlore et entretenus dans un parfait état de propreté (Ordonnances de police du 23 février 1850 et 1er septembre 1853).

ART. 3. Il est expressément défendu de satis-

aire ses besoins sur la voie publique, d'uriner
ans les rues, passages, etc., en dehors des en-
roits spécialement affectés à cet usage et d'y dé-
oser des matières fécales ou immondices quel-
onques. *Il est également interdit aux parents de
aisser leurs enfants satisfaire leurs besoins sur la
oie publique* (Ordonnances de police du 23 février
850 et 29 mars 1854).

Art. 4. Il est interdit d'élever dans l'intérieur
les habitations des porcs, des pigeons, lapins.
oules et autres volailles. Il ne pourra en être
levé dans les cours, jardins, enclos qu'en vertu
l'une autorisation spéciale délivrée par nous ou
ar le Commissaire de police, *après examen et
isite des lieux* (Ordonnances de police du 3 dé-
embre 1829 et du 23 novembre 1853).

Il est également interdit de laisser vaquer les
volailles dans les rues, places, marchés, ni sur
ucun point de la voie publique (*Idem*).

Art. 5. En outre du balayage ordinaire, les
propriétaires, boutiquiers et autres, seront tenus,
à partir du 1er juin jusqu'au 15 septembre de
chaque année, de faire répandre deux fois par
jour *de l'eau propre* sur la partie de la voie publique qu'ils sont obligés de balayer (Ordonnance de
police du 10 janvier 1851).

Art. 6. Dans le délai d'un mois, à partir du
jour de la publication de notre présent arrêté, les
propriétaires des maisons dont les cours sont en
contre-bas de la voie publique, seront tenus
d'établir des puisards pour recevoir les eaux
pluviales et ménagères. Ces puisards seront construits conformément aux prescriptions de l'Ordonnance du 20 juillet 1838 que nous rendons

exécutoire aussi dans toutes ses parties (Ordonnance de police du 23 novembre 1853).

Art. 7. Des fosses à fumier seront construites dans le même délai dans les vacheries, et partout où besoin sera ; elles seront cimentées, afin qu'aucune infiltration n'ait lieu dans les maisons ou cours voisines.

Il ne pourra être placé de fumier litière au-devant des maisons pour éviter le bruit des voitures, en cas de maladie, sans une permission de M. le Commissaire de police, délivrée sur le vu d'un certificat de médecin. Les litières devront être renouvelées tous les trois jours (Ordonnance de police du 22 août 1804).

Art. 8. L'ordonnance de police du 23 novembre 1853 sur la salubrité des habitations dans Paris, et l'instruction du Conseil d'hygiène publique et de salubrité du département de la Seine qui y est annexée (11 nov. 1853), sont applicables dans toutes leurs dispositions à la ville de Montmartre.

SECTION 2me.

Sûreté et liberté de la circulation.

Art. 9. Il est défendu aux parens de laisser jouer leurs enfants dans les rues de la commune (Ordonnance de police du 5 mars 1853).

Les jeux de toupies, sabots, bâtonnets, cerfs-volants, d'arcs, d'arbalètes, de volants, enfin tous autres jeux pouvant nuire à la liberté comme à la sûreté de la circulation, sont interdits formellement dans les rues de la commune. Les parents seront punissables en cas de contravention, et en cas d'accident, civilement responsables envers les parties lésées (Ordonnance de police du 8 août 1829).

Art. 10. Il est défendu d'allumer des feux de paille, copeaux ou autres, sous quelque prétexte et pour quelle cause que ce soit, *dans l'intérieur des cours, jardins, terrains clos, ni sur aucune partie de la voie publique* (Ordonnances de police du 28 mars 1831 et 1er septembre 1853).

Art. 11. Il est interdit de secouer par les fenêtres des tapis sur la voie publique, ainsi que tous autres objets pouvant gêner la circulation et salir les passants (Ordonnance de police du 1er septembre 1853).

Il est défendu d'étendre du linge ou des effets aux fenêtres et en évidence sur la voie publique.

Il est expressément interdit d'arroser sur les croisées ou sur les balcons les pots ou caisses de fleurs dont le dépôt aurait pu y être autorisé. L'article 85 du règlement municipal du 1er août 1835 continue à être exécutoire dans la ville de Montmartre.

Il est défendu de placer en dehors des fenêtres ou en saillie sur la voie publique des cages à oiseaux, pigeons, etc.

Art. 12. Il est défendu à aucun marchand ou tout autre individu exerçant un commerce ou une industrie quelconque, de s'établir ou de stationner sur la voie publique sans une autorisation délivrée par nous ou par le Commissaire de police (1) (2).

---

(1) Arrêté municipal du 20 juillet 1852 sur les marchands ambulants.

(2) Jeux de hazard et tombolas sont interdits. Loi du 21 mai 1836. Ordonnance du 29 mai 1844. Circulaires du 25 octobre 1858 et du 31 mars 1859.

Art. 13. Il est interdit à tout bateleur, à tout acrobate ou saltimbanque quelconque, même autorisé par la Préfecture de police, comme à tout charlatan ou opérateur dentiste, de se montrer sur la voie publique, et de s'y livrer à ses exercices ou d'y débiter aucun remède ou médicament de quelque nature que ce soit.

Il est de même défendu aux chanteurs ambulants, joueurs d'orgues et autres musiciens, de stationner sur la voie publique à une distance de moins de 200 mètres de la ligne des boulevards extérieurs, et sans être munis d'une permission spéciale délivrée par M. le Préfet de police.

Art. 14. Il est défendu à tout entrepreneur de théâtre forain, spectacle de curiosités et à tout individu tenant un tournevire avec porcelaine, de s'établir dans la ville de Montmartre sans une autorisation spéciale de M. le Préfet de police (Ordonnances de police des 28 juin 1848 et 6 octobre 1851).

Les jeux de tir à l'arbalète, au pistolet ou à la carabine (armes de salon), de boules, de quilles, de chevaux de bois, de balançoires, de tir au pigeon et tous autres jeux pouvant causer des accidents ou gêner la circulation, ne pourront être établis soit sur la voie publique, soit dans les établissements publics de la ville de Montmartre, sans une autorisation spéciale délivrée, selon les cas, par M. le Préfet de police, ou par nous, ou par M. le Commissaire de police (Circulaire du 26 avril 1844, Ordonnances de police des 30 juin 1842, 28 avril 1802 et 8 août 1829).

Art. 15. Il est expressément enjoint à tous entrepreneurs de bâtiments, maîtres maçons et autres de placer au devant de chaque construction et en évidence, un tableau indiquant leurs noms, prénoms, profession et demeure.

ART. 16. Il est défendu de laisser stationner aucune voiture attelée sur la voie publique, sans la faire garder par un individu âgé d'au moins 16 ans (Ordonnances de police des 9 mai 1831, 7 août 1851 et 21 janvier 1854).

Tout stationnement de charrettes à bras ou de voitures dételées y est de même formellement interdit (1).

ART. 17. Il est défendu de faire traîner par *des chiens* des voitures, charrettes, etc. (Ordonnance de police du 27 mai 1845 et loi du 2 juillet 1850).

ART. 18. Il est interdit de laisser courir, stationner ou faire passer sur les trottoirs de la ville des voitures, brouettes, chevaux et bêtes de somme ou de trait.

Il est défendu d'attacher des chevaux et bêtes dé trait quelconques, ainsi que les portants de bannes, soit aux extrémités des gargouilles, soit aux crochets des volets ouvrant sur la voie publique, comme aux arbres des boulevarts extérieurs, des rues, places, avenues, etc.

ART. 19. Tout stationnement de personnes au devant des magasins , boutiques, portes de maisons, pouvant gêner la circulation sur les trottoirs, est formellements interdit (Ordonnance de police du 8 août 1829).

ART. 20. Il est rappelé, conformément aux dispositions de l'arrêté municipal en date du 7 novembre 1846, que toutes les maisons, bâtiments ou

---

(1) Arrêté municipal du 20 décembre 1855 et règlement du 5 octobre 1858 sur la tenue et la police du marché à Montmartre.

habitations quelconques doivent être pourvus de chéneaux ou gouttières avec tuyaux de descente établis à un décimètre du sol de la rue, avec cuiller en pierre à leur extrémité et gargouille en fonte sous le dauphin pour conduire les eaux directement au ruisseau (Ordonnance de police du 30 novembre 1831).

Un délai d'un mois est accordé aux propriétaires pour se conformer à cette prescription : toutes les gargouilles en mauvais état ou fonctionnant mal, doivent être immédiatement nettoyées, réparées ou remplacées (Ordonnance de police du 1er septembre 1853).

Art. 21. Il est défendu de faire déboucher sur la voie publique des tuyaux d'évier ou de pompe (*idem*).

Art. 22. Toutes les maisons, bâtiments ou propriétés quelconques, prenant accès ou ayant issue sur la voie publique, doivent être pourvus de portes et entièrement fermés pendant la nuit (Ordonnance de police du 20 décembre 1856).

Art. 23. Il est enjoint aux marchands de lait, crémiers, etc., de rentrer les boîtes de lait dans leurs établissements aussitôt qu'elles sont apportées par les voitures des nourrisseurs ou laitiers en gros.

Tout dépôt sur la voie publique et pour quelque cause que ce soit, de boîtes à lait, vides ou pleines, *et soit de jour, soit de nuit*, est formellement interdit.

Art. 24. Il est défendu de carder des matelas et de battre de la laine ou du crin sur la voie publique (Ordonnance de police du 8 août 1829).

S'il n'y avait ni cour, ni porte cochère pour exécuter le travail, l'autorisation de le faire sur la voie publique devra être demandée à M. le Commissaire de police.

ART. 25. Il est formellement interdit aux marchands épiciers, limonadiers et autres, de brûler ni faire brûler du café ou autres denrées sur la voie publique (Ordonnance de police du 8 août 1829).

ART. 26. Il est interdit à tout marchand de friture, marrons, beignets et gauffres d'établir des fours portatifs ou des poêles en saillie des boutiques, ou sur la voie publique, et d'y préparer aucune espèce de friture ou d'aliments. Il est expressément défendu aux bouchers de placer des crochets en saillie, à l'extérieur de leurs boutiques, et d'y faire aucun étalage de viande.

ART. 27. On ne peut décharger ou scier le bois sur la voie publique qu'à défaut de cour ou de porte cochère; dans ce cas, il doit être bien rangé et l'on ne peut en faire venir qu'une voie à la fois; il ne peut être déchargé sur les trottoirs, ni être fendu sur la voie publique.

ART. 28. Toute apposition d'affiche, placard ou toute transcription d'affiche, soit au moyen de la peinture, soit par tout autre procédé, dans un lieu public, sur les murs, sur une construction quelconque ou même sur toile, ne pourra avoir lieu dans la ville de Montmartre, sans qu'il ait été vérifié, soit à la Mairie, soit au Commissariat de police de la localité, de l'autorisation ou permis d'afficher délivré par M. le Préfet de police (Loi du 18 juillet 1852 et Décret du 25 avril 1852).

SECTION 3ᵐᵉ.

Dispositions générales intéressant la tranquillité et le repos publics.

Art. 29. Il est défendu de sonner du cor de chasse dans la ville de Montmartre (Ordonnance de police du 30 septembre 1837).

Il est également interdit de jouer d'aucun instrument bruyant sur la voie publique ou dans les établissements publics (Ordonnance de police du 31 octobre 1829).

Il est expressément défendu d'y battre la caisse ou le tambour sans une permission toute spéciale délivrée par M. le Commissaire de police (Ordonnance de police du 6 juin 1851).

Art. 30. Il est interdit de faire entendre, *soit de jour*, *soit de nuit*, des chants bruyants, des cris, vociférations ou clameurs, pouvant inquiéter inutilement et sans raison grave le repos ou troubler la tranquillité des habitants, soit sur la voie publique, soit dans les établissements publics, soit à l'intérieur des maisons particulières (Art. 479, 480, 482 du Code pénal).

Art. 31. Les combats d'animaux sont formellement prohibés dans la ville de Montmartre (Loi du 2 juillet 1850).

Art. 32. Les contraventions au présent arrêté seront constatées par des procès-verbaux qui seront déférés au Tribunal compétent.

A cet effet, un exemplaire du susdit arrêté sera

transmis par nous à M. le Juge de Paix du canton de Neuilly.

M. le Commissaire de Police de la ville de Montmartre, les agents placés sous ses ordres, l'inspecteur de la salubrité et la gendarmerie sont chargés, chacun en ce qui le concerne, d'assurer l'exécution du présent arrêté et des ordonnances y mentionnées.

Par dépêche du 6 décembre 1858, M. le Sénateur-Préfet de la Seine a fait connaître qu'il ne s'opposait point à l'exécution de l'arrêté qui précède.

Fait à la Mairie de Montmartre, le 1er Octobre 1858

Baron MICHEL DE TRÉTAIGNE.

TABLE

B

BALAYAGE. Il doit être quotidien, art. 1.—Avoir lieu aussi souvent que besoin est, art. 1, p. 6. — Va au ruisseau dans les rues à chaussée fendue, art. 1, p. 6. — Au milieu de la chaussée bombée, art. 1, p. 6. — A lieu de 7 à 8 heures du matin en été. — De 8 à heures en hiver, art. 2, p. 7. — Du balayage d'office, art. 2, p. 7.—Par les soins de qui? art. 1, p. 6. — Contre qui? art. 1, p. 6. — Du 1er juin au 15 septembre, il doit être répandu de l'eau propre sur la voie publique et les ruisseaux, art. 5, Règl. de 1858.—Ord. du 10 janv. 1851, p. 47.

BALCONS ne peuvent être construits que dans les rues de 10 mètres, les places et les carrefours, art. 71, p. 29.— Après enquête de commodo et incommodo, p. 29. — En cas d'opposition, il est statué, art. 71, p. 29. — Doivent être élévés au moins à 6 mètres du sol, art. 71, p. 29.

BANNES. Conditions requises pour les établir, art. 76, p. 31. — Position des supports, art. 76, p. 31.— Dimensions autorisées, art. 76, p. 32.—Etoffes employées pour leur confection, art. 76, p. 32. — Leur saillie ne peut dépasser 1 mètre 50 c., art. 76, p. 32. — Suppression des bannes non réglementaires, art. 76, p. 32.—Des heures autorisées pour abaisser les bannes au devant des magasins, art. 77, p. 32.

BARAQUES Défense d'établir sur la voie publique des échoppes, baraques, cabanes fixes ou mobiles, art. 61, p. 26.— Des cas autorisés, art.   , p. 26.

BARRIÈRES en saillie. Aucune barrière fixe ne peut être établie dans les rues ou places, à moins d'utilité publique, art. 66, p. 27. — La saillie des barrières ne peut excéder 1 m. 50 c., art. 66, p. 27.—Leur entretien est obligatoire pour les permissionnés, art. 67, p. 27.

BARRIÈRES et Echafaudages, des dispositions à prendre à cet égard, art. 26, p. 15.—Doivent être établis avec solidité, art. 26, p. 15. —Eviter la chute sur la voie publique des matériaux quelconques, art. 26, p. 15.—Doivent monter de fond, art. 26, p. 15. — En cas d'empêchement être établi à bascule à 4 mèt. du sol, art. 26, p. 15. — Défense de faire porter sur des écoperches, boulins, arc-boutés, art. 26, p. 15. — Doivent être éclairés la nuit, art. 27. p. 16. — Par qui? art. 27, p. 16.—Du nombre d'appliques ou lanternes, art. 27, p. 16. — Leur emplacement, art. 27, p. 16. — Leur durée, art. 27, p. 16. — Doivent être enlevés 24 heures après l'achèvement des travaux, art. 38, p. 18.

Bois (sciage), Charbons. Défense de décharger ou de scier du bois sur la voie publique, art. 27, 1858, p. 53. — Ne peut être toléré qu'à défaut de cour ou de porte-cochère, art. 27, p. 53. — Doit être bien rangé, ne peut dépasser une voie à la fois, p. 53. — Ne peut être déposé sur le trottoir, ni être fendu sur la voie publique, art. 27, 1858, p. 53.

Bornes, de leur pose aux angles des rues ou des maisons, art. 70, p. 28. — Dispositions à cet égard, art. 70, p. 28.

Boues et immondices. Doivent être mis en tas, art. 1, p. 6. — Dans les rues sans trottoirs, le long des bornes, art. 1, p. 6. — Dans les rues à chaussée bombée, le long des ruisseaux, art. 1, p. 6. — Dans les rues à chaussée fendue, le long des trottoirs, art. 1, p. 6. — Aux boulevards, à la deuxième rangée d'arbres, sur les bas côtés, art. 1, p. 6. — Du lieu de dépôt, défense d'en faire après le passage des tombereaux, art. 5, p. 8. — Il est interdit de déposer des ordures contre les murs, propriétés particulières ou publiques, art. 5, p. 8 — On ne doit rien jeter par les fenêtres, art. 5, p. 8.

C.

Café, cacao et autres denrées. Ne peuvent être torréfiés sur la voie publique, art. 25, 1858; ord. du 8 août 1829, p. 53.

Caves. Les caves ou resserres ayant ouvertures sur les voies publiques ou les passages doivent être exactement fermées, art. 94, p. 38. — Des dispositions et précautions à prendre, art. 94, p. 38.

Chants, cris, vociférations, clameurs. Sont expressément défendus, art. 30, 1858, p. 54. — Dans les rues, les établissements publics, dans l'intérieur des maisons, art. 30, p. 54. — Code pénal, art. 479, 480, 482.

Chanteurs ambulants, joueurs d'orgues, musiciens. Ne peuvent exercer sans un permis préfectoral, p. 50. — Ne peuvent stationner sur la voie publique moins de 200 mètres des boulevards extérieurs, art. 13, 1858, p. 50.

CHANTIERS et ateliers. Défense de les établir sur la voie publique, art. 39, p. 19. — Sauf les cas d'urgence dont il est donné avis à l'autorité, art. 41, p. 19. — Les chantiers publics sont autorisés et seulement sur l'emplacement en réparation, art. 39, p. 19. — Les chantiers ou ateliers de taille des pierres doivent être dans l'intérieur des terrains, art. 40, p. 19.

CHEVAUX, bêtes de somme ou de trait. Défense de les attacher aux arbres, bancs, volets, anneaux de gargouilles, art. 18, 1858, p. 51. — *Idem* de stationner sur les voies publiques, 1838, art. 18, p. 51.

CHIENS. Défense de les atteler à des voitures, charrettes, art. 17, 1858, ord. de 1845, 27 mai, loi du 2 juillet 1850, p. 51. — Défense de les laisser vaguer sans muselière.

CIRCULATION, foules, stationnements d'individus au-devant des magasins, boutiques, portes, etc., interceptant la circulation, sont formellement interdits, art. 19, 1858, ord. du 8 août 1829, p. 51. — Défense de laisser les enfants stationner ou jouer bruyamment sur la voie publique, art. 9, 1858, ord. du 5 mars 1853, p. 48.

COCHERS, conducteurs charretiers. Doivent être âgés au moins de 18 ans, art. 97, p. 39. — Défense aux charretiers, cochers, conducteurs de haquets, marchands ambulans de stationner ou abandonner leurs voitures sur la voie publique, art. 98, p. 39. — Dans les environs des barrières, art. 98, p. 39. — Mesures d'office en cas d'infraction, art. 99, p. 39. — — Envers qui, art. 99, p. 40.

COMBATS d'animaux formellement prohibés à Montmartre, art. 31, 1858, ord. du 1er juillet 1850.

CONSTRUCTIONS ou encorbellement. Défense expresse de laisser construire en encorbellement, art. 80, p. 33. — Suppression desdites constructions au fur et à mesure de leur réparation, art. 80, p. 33.

COR DE CHASSE. Défense expresse d'en sonner dans la ville de Montmartre, art. 29, 1858, p. 54. — Interdiction de jouer d'aucun instrument à vent sur la voie publique et les établissements publics, art. 29, ord. du 31 octobre 1829, p. 54. — Défense de battre la caisse ou le tambour sans un permis spécial du commissaire de police, art. 29, 1858, ord. du 31 juin 1851, p. 54.

CORPS d'état, professions. Défense aux états ou professions quelconques de travailler sur la voie publique, art. 59, p. 25.

— Défense expresse aux états bruyants, blanchisseurs, forgerons, tonneliers, chaudronniers, ferblantiers, de travailler en dehors des heures ci-après : du 1er avril au 1er octobre. de 5 h. matin à la nuit, du 1er octobre au 1er avril, de 6 h. matin à 9 h. du soir, art. 103, p. 41.

D

CUVETTES dites plombs, ne peuvent être établies en saillie sur la voie publique dans les nouvelles bâtisses, art. 79, p. 33. — Suppression des cuvettes existantes au fur et à mesure de leur réparation, art. 79, p. 33. — Doivent être établies dans l'intérieur des maisons, art. 79, p. 33. — Et être garnies de housses, art. 76. p. 31.

DÉCENCE. Défense expresse aux garçons boulangers de se montrer en public couvert d'une simple cotte. art. 108, p. 42. — *Idem* aux batteurs de plâtre, art. 108, p. 42. — *Idem* aux garçons bouchers, art. 108, p. 42. — Ne peuvent se présenter sur la voie publique avec des habits tachés de sang, art. 108, p. 42.

DÉCRETS en matières de police municipale en vigueur 1835 et 1858 ; 14 décembre 1789, 16-24 août 1790, 19-22 juillet 1791 ; art. du Code pénal 257, 471, 484. — Lois du 18 juillet 1837, 10 juin 1853, p. 44.—Ord. du 23 novembre 1853, p. 45. — Instruction d'hygiène publique et de salubrité du 11 novembre 1855, p. 45 et 48.

DÉCROTTOIRS. Défense de les établir en saillie sur la voie publique, art. 87, p. 36.

DÉGRADATIONS quelconques sur la voie publique, pour le fait de constructions, réparations, reculement, etc., à la charge de leurs auteurs, art. 88, p. 36. — Défense de dégrader, détruire, enlever les barrières, pieux, échafauds, reverbères, appliques, etc., art. 91, p. 37. — Défense d'établir des fours ou forges d'étameurs et autres sans autorisation de l'autorité, art. 92, p. 38. — Défense de dégrader sur les promenades les objets établis ou élevés pour leur utilité ou leur décoration, art. 60, p. 26.

DÉMOLITIONS. Défense de procéder à aucune démolition sur la voie publique sans autorisation, art. 33, p. 17. — Elles exigent une clôture de barrières et l'établissement d'échafauds, art. 25, p. 15. — Il est pourvu la nuit à leur éclairage, art. 27, p. 16. — Aux frais de qui, art. 27, p. 16. — Et en cas d'office contre qui, art. 27, p. 16. — Les démolitions doivent s'opérer au marteau, en faisant tomber les matériaux. art. 25, p. 18. — Dans l'intérieur du bâtiment, art. 35, p. 18. — Le barrage de la rue ne peut avoir lieu sans autorisation, art. 36, p. 18. — Défense aux ouvriers de jeter, lancer sur la voie publique des plâtras, ardoises, bois, etc., art. 29, p. 16 — Les démolitions privées de barrières exigent la présence d'un homme muni d'une règle de 1m50 pour prévenir le public, art. 30, p. 17.

Devantures de boutiques. Règlement qui les régissent, art. 65, p. 27.

E

Eaux croupies ou infectes, art. 6, p. 8. — Les porter jusqu'au ruisseau, art. 6, p. 5 — Défense de les jeter sur la voie publique, art. 6, p. 8. — Provenant d'arrosages des fleurs, linges mouillés étendus sur chevalets, *idem* défendu, arrêté de 1835, art. 6, p. 8.

Echelles Défense d'en laisser déposer ou abandonner le jour ou la nuit sur la voie publique, art. 54, p. 24. — Même étant enchaînées, art. 54, p. 24.

Egouts. Tenir les grilles d'égouts constamment libres, art. 3, p. 7. — Les dégager des dépôts d'ordures, art. 3, p. 7. — Défense de les obstruer par des dépôts de boues et immondices, art. 4, p. 7. — Matières fécales, urines, corps infects, art. 4, p. 8.

Enlèvements d'office. Les matériaux et autres objets déposés indûment sur la voie publique sont enlevés d'office et mis en fourrière, art. 100, p. 40. — Les propriétaires connus, et après rapport, seront sommés de les retirer, art. 100, p. 40. — Doivent au préalable acquitter les frais occasionnés, art. 100, p. 40. — Les objets non réclamés sont considérés comme épaves, vendus et imputés sur les frais faits, art. 100, p. 40.

Enseignes. Les tableaux, montres, étalages, etc., doivent être autorisés, art. 73, p. 30. — Ne peuvent être suspendus, attachés, appliqués aux balcons et auvents, art. 73, p. 30. — Disposition du règlement, art. 65, p. 27. — Tolérés sous des auvents et dans une direction inclinée, art, 73. p. 30. — Sont interdits les étalages d'étoffes, draperies, guirlandes, formant saillie au rez-de-chaussée, art. 73, p. 30. — Doivent être élevés au moins à 3 mètres du sol, art. 73, p. 30. — Dispositions de crochets destinés à soutenir les étaux de bouchers, les viandes, etc.. art. 73, p. 30. — On doit éviter les saillies sur la voie publique, art. 73, p. 30.

Etalages formés de tonneaux, caisses, tables, bancs, châssis déposés sur la voie publique sont expressément interdits, art. 86, p. 36.

Eviers et conduits d'eau. Conditions requises pour les établir, art. 78, p. 32. — Ne peuvent être élevés à plus d'un décimètre du sol, art. 78. p. 33. — Suppression des éviers ou conduits sur-élevés, art. 78, p. 32. — Défense de faire déboucher les tuyaux d'éviers sur la voie publique, art. 21, 1858, p. 52.

F

Feux de paille, de copeaux, défendus sur la voie publique et dans les cours intérieures, art. 10, 1858, Ord. des 28 mars 1831 et 1er septembre 1853, p. 49.

Filles libres. Défense expresse aux cabaretiers, aubergistes, marchands de vins, etc.. de les recevoir dans des cabinets, chambres et faciliter la débauche, art. 102, p. 41.

Fontaines, Abreuvoirs. Défense de jeter des pierres et immondices de nature à corrompre les eaux, les troubler, art. 62. p. 26. — Laver du linge, art. 62, p. 26.

Fosses d'aisances, dispositions à cet égard, art. 18, p. 12.— Toute nouvelle construction doit être munie de fosses ou latrines suffisantes à leurs habitants, art.18, p.12.—A l'avenir, les fosses d'aisances seront établies conformément à l'ord. du 24 septembre 1819, art 19, p. 12 — La reconstruction des anciennes fosses suit les mêmes règles, art. 20, p. 13.

Fouilles. Défense de les établir sans autorisation sur la voie publique, art. 45, p. 21. — Sont autorisées par qui? art. 45, p. 21. —Délai de 24 heures pour rétablir, après avertissement, les ruptures de conduits à gaz ou des eaux, art. 46, p. 21. — Les fouilles peuvent ou doivent être comblées, soit closes, soit gardées et toujours éclairées la nuit, art. 46, p. 22.

—Elles ne peuvent excéder la moitié d'une rue en largeur, art. 46, p. 22. — Laisser la voie libre et être parées contre les accidents, art. 47, p. 22. — Doivent être remblayées au fur et à mesure de leurs réparations, art. 48, p. 22. — On doit piloner les remblais et bloquer les pavés pour les maintenir, art. 49, p. 23. — Les terres, non employées dans les remblais sont immédiatement enlevées, art. 49, p. 23.—Après les réparations des conduits, il est accordé 48 heures pour le raccord du pavé, art. 50, p. 23. — Les bloquages doivent être bien entretenus et être parés contre les accidents jusqu'à la fin des raccordements, art. 50, p. 23.

Fours a platre et a chaux ne peuvent être contigus à la voie publique, art. 93, p. 38. — Suppression de ceux ainsi établis, art. 93, p. 38.

Friture, cuisine ambulante, marchand de marrons, etc., défense d'en laisser s'établir sur la voie publique ou en saillie devant les boutiques, art. 26, 1856, p. 53. — Défense de placer des crochets pour et avec étalage de viandes en saillie, art. 26, 1858, p. 53.

Fumiers. Défense d'en faire des dépôts dans les maisons, cours, jardins, etc., art. 1er, 1858, p. 48. — Dans le cas contraire, seront enlevés à la première réquisition, art 1er., ord. du 1er septembre 1853, p. 48. — Les fosses à fumiers établies dans les vacheries et autres seront cimentées, art. 7, arr. 1858, p. 48.

G

.**Glaces et neiges.** Les propriétaires ou locataires sont tenus de casser les glaces, de balayer les neiges au devant de leurs maisons, boutiques, jusqu'au milieu de la rue, art. 11, p. 10. — De les mettre en tas, art. 11, p. 10. — En cas de verglas, on doit jeter des cendres, du sable, du mâchefer, etc., devant leurs habitations, art. 11, p. 10. — Défense aux riverains de déposer dans les rues aucune neige et glace provenant des cours, etc., art. 12, p. 10 — Il est interdit dans les gelées de laisser couler les eaux sur la voie publique, art. 13, p. 10. — En cas d'inexécution, ledit balayage et nettoyage est fait d'office, art. 13, p. 11. — Aux frais des contrevenants, art. 13, p. 11. — Les concierges, portiers, gardiens d'établissements publics sont responsables, art. 14, p. 11.

Gouttières saillantes. Leur suppression totale de la voie publique, art. 82, p. 34. — Délai d'une année accordé, art. 82, p. 34. — Toutes les maisons doivent être garnies de gouttières, chéneaux, tuyaux de descente, art. 20, 1858, p. 51. — Doivent être établis à un décimètre du sol, art. 20, p. 51. — De leur construction, p. 51. — De leur entretien, ord. des 30 novembre 1831, 7 septembre 1846, p. 51. — Délai d'un mois accordé pour se conformer aux prescriptions, art. 20, 1858, p 52.

Gravois, moellons, pierres, sables. Défense d'en déposer sur la voie publique sans autorisation, art. 9, p. 9. — Leur dépôt total ne peut excéder sur la voie publique la charge d'un tombereau, art. 9, p 9. — Doivent être enlevés chaque jour, art. 9, p. 9. — En cas de stagnation la nuit doivent être éclairés, art. 9, p. 9.—Défense formelle, sur la voie publique, de matériaux provenant des fosses d'aisances, art. 9, p. 9. — Les frais des matériaux enlevés ou éclairés d'office n'informent pas les peines encourues, art. 9, p. 9. – De l'action de la police municipale. — Contre qui elle est dirigée, art. 9, p. 9.

J

Jeux de palets, de tonneaux, de siam, de boules, de quilles généralement interdits sur la voie publique, art. 57, p. 25. — De hasard, etc., sont interdits et poursuivis, note 2, p. 49.—Jeux de toupies, sabots, bâtonnet, cerfs-volants, arcs, arbalètes, volants, interdits dans les rues, art. 6, 1858, p. 47. — Les parents sont punissables en cas de contraventions des enfants, art. 9, p. 49.—Sont civilement responsables envers les parties lésées, art. 9, p. 49. — Ord. du 8 août 1829.

L

Laitiers. Doivent rentrer les boîtes au lait aussitôt après le passage et leur dépôt par les nourrisseurs, art. 23, 1858, p. 52.—Tout dépôt de boîtes au-devant des boutiques et autres est formellement interdit, art. 23, 1858, p. 52.

Lanternes, transparents, enseignes mobiles, ne peuvent être suspendus à l'aide de cordes et de poulies, art. 84, p. 35.

— Doivent être accrochés par des anneaux, art. 84, p. 35. — Supportés par des tringles, des potences en fer et fermés avec cadenas, art. 84, p. 35. — Suppression des transparents munis de cordes, etc., art. 84, p. 35.—Les lanternes et autres placés sur les boulevards, rues, passages sont tolérés aux conditions de ne pas nuire à l'éclairage public et être suspendus à des chemins de fer, art. 84, p. 35.

Limonadiers, marchands de vins, traiteurs, cabaretiers ne peuvent tolérer le public dans leurs établissements après 11 heures du soir et la nuit, art. 101, p. 40. — Il est excepté en faveur des bals, noces, repas de corps, lorsque chaque réunion est autorisée par M. le Maire, art. 101, p. 41. — Ces permissions sont gratuites, art. 101, p. 41.

Logeurs, garnis. Ne peuvent ouvrir leur établissement sans une autorisation personnelle du Maire, art. 104, p. 41.— Doivent être munis d'un registre timbré, coté, afin d'inscrire les noms de leurs locataires, art. 105, p. 42. — Ce registre doit être visé chaque mois à la mairie, art. 105, p. 42. — Une enseigne ou tableau doit être posé sur la porte extérieure, indiquant le nom, la profession et l'adresse, art. 105, p. 42.

M

Matelas. Défense de carder ou de battre de la laine ou du crin, et d'établir des matelas sur la voie publique, art. 24, 1858, p. 52. — En cas de défaut de terrain, de cour intérieure ou de porte cochère, ce travail sera autorisé par le Commissaire de police, art. 24, 1858, p. 52.

Matériaux provenant de démolitions sont déposés sur la voie publique, art. 30, p. 17. — Sont enlevés au fur et à mesure de leur dépôt, art. 37, p. 18. — Sous aucun prétexte ne peuvent stationner la nuit sur la voie publique, art. 37, p. 18. — Les dépôts de jour doivent être autorisés, art. 9, p. 9. — Chaque dépôt ne peut excéder un tombereau, art. 9, p. 9. — Les remblais et nivellements doivent être exécutés dans les 24 heures, art. 38, p. 18. — Les barrières doivent disparaître dans les 24 heures après l'achèvement des travaux, art. 38, p. 18. — Les matériaux destinés aux trottoirs, aux aqueducs, égouts, etc., sont autorisés, art. 39, p. 19. — Au fur et à mesure du déchargement, les matériaux doivent être rentrés dans l'intérieur des constructions, art. 40, p. 19.—Avis donné à l'autorité pour les matériaux forcés de stationner la nuit, art. 41, p. 19. — De leur éclairage, art. 41, p. 49. — Défense formelle de décharger sur la voie publique des matériaux de construction après le départ des ouvriers, art. 41, p. 20.

Meubles et marchandises. Défense d'en déposer sans nécessité sur la voie publique, art. 51, p. 23. — Défense de placer des tables, bancs, chaises, sur la voie publique, art. 52, p. 23 — Les meubles, marchaudises, caisses laissés par force majeure la nuit sur la voie publique doivent être éclairés, art. 55, p. 24. — Leur éclairage est aux frais de leur propriétaire, art. 55, p. 24.

O

Oiseaux. Défense d'établir à demeure ou placer des cages d'oiseaux en saillie en dehors de toutes constructions, fenêtres, etc., art. 11, 1858, p. 49.

Ouvriers. Ne peuvent être employés sans être pourvus d'un livret, art. 108, p. 42. — Les chefs d'établissements qui les logent sont tenus d'en faire la déclaration à la mairie, art. 106, p. 42.

P

Permissions ou autorisations municipales. Ne sauraient transmettre ou induire un droit de propriété ou de servitude, art. 89, p. 37. — Les suppressions ou reculement de saillies tolérées ne peuvent prétendre à aucune indemnité, art. 89, p. 37.

Perrons, pas, marches. Défense de les construire en saillie sur la voie publique, art. 67, p. 28. — Suppression de ceux établis au fur et à mesure des besoins de réparations, art. 69, p. 28. — Les pas, marches ne peuvent dépasser l'alignement des bornes, art. 69, p. 28. — La différence de niveau doit avoir lieu en retraite intérieure, art. 69, p. 28.

Porcs et lapins. Défense d'en élever dans l'intérieur des maisons, art. 4, 1858, p. 47. — Défense de les brûler sur la voie publique, art. 17, 1835, p. 13.

Portes, issues. Doivent être fermées ou closes de 11 heures du soir jusqu'au jour, art. 95, p. 38. — Les passages, impasses doivent être également clos aux mêmes heures, art. 95, p. 38. — *Idem* pour lès carriéres à plâtre, fours à chaux, art. 95, p. 38. — Toutes les maisons ayant issues ou prenant accès sur la voie publique doivent être pourvues de portes et être fermées la nuit, art. 22, 1858, ord. du 20 décembre 1856, p.52.

Pots de fleurs, caisses. Défense d'en déposer sur les toits, entablements, gouttières, fenêtres, art. 85, p. 35. — Précautions à prendre pour éviter les accidents, art. 85, p. 36. — Sont exceptés les balcons, supports de fenêtres en fer garnis de treillages en fer, art. 85, p. 36.

Porteurs d'eau. Sont tenus de rentrer chaque soir leurs tonneaux pleins d'eau, art. 107. p 42. — De faire connaître à la mairie leur remise en cas d'incendie, art. 107, p. 42.

Promenades publiques. Défense de détériorer les plantations, suspendre des écriteaux aux arbres, tendre des cordes, faire sécher les étoffes, y attacher des animaux, enfin obstruer la circulation, art. 59, p. 25 — Défense de dégrader les pieux, tuteurs, entourant les arbres, etc., p. 25.

Puisards Doivent être posés dans les cours et terrains établis en contre-bas de la voie publique, art. 6, 1858, p. 47. — Doivent recevoir les eaux pluviales et les eaux ménagères, art. 6, 1858, p. 47.—Prescription de l'ord. du 20 juillet, 1838. — Ord. du 23 novembre 1853, p. 47.

Puits. Doivent être enclos, art. 96. — Fermés solidement avec un couvercle en bois, art. 96, p. 39. — Garnis constamment de cordes et seaux neufs, art. 96, p. 39. — Doivent être abordables, art 96, p. 39. — Elevés à un mètre du sol, art. 96, p. 39.

R

Responsabilités en matière de police municipale, art. 90, p. 37. — Qui elles regardent, art. 90, p. 37, et art. 110, p. 43. — *Idem*, art. 14, p. 11. — Des contraventions, art. 109. p. 43. — Etablies par procès-verbaux ou rapports, et déférées aux tribunaux, art. 109, p. 43. — Art. 257 et 471 du Code pénal, art. 109, p. 43.—Des peines en matière de police municipale, art 109, p. 43.

Ruisseaux. Les tenir libres, art. 3, p. 7. — A la charge des propriétaires ou locataires riverains, art. 3, p. 7. — Défense de poser des batardeaux en vue des constructions et autres, art. 3, p. 7.

S

SAILLIES. Défense de les établir sur la voie publique sans autorisation, art. 63. p. 26. — Les permissions en sont délivrées sans frais, art. 64, p. 27. – De leurs dispositions. art. 64, p. 27. — Les saillies sont réglées d'après les art. 3 et 4 de l'ord. royale de 1823, art. 65, p. 27.

SALTIMBANQUES, charlatans, banquistes. Défense de se présenter au public sans une permission de la Préfecture de police, de débiter des remèdes quelconques non autorisés, art. 13, 1858. p. 50.

SALUBRITÉ. Les dépôts de boues, immondices, débris d'animaux doivent être éloignés de 250 mètres des habitations, art. 15, p. 11. — Les dépôts de fumier ordinaire en sont exceptés, art. 16, p. 12. — Défense d'abattre autre part que dans les échaudoirs autorisés ou lieux désignés, art. 17, p. 12. — Défenses aux bouchers, charcutiers, marchands de vins traiteurs, etc., de tuer des animaux sur la voie publique, art. 17, p. 12. — Défense de laisser couler ou stagner le sang ou les eaux sanguines dans les ruisseaux, art. 17, p. 12. — Défense de brûler des porcs sur la voie publique, art. 17, p. 12.

STATIONNEMENT. Défense expresse à tout individu, marchand, industriel, de stationner ou s'établir sur la voie publique, art. 12, 1858, p. 49. — Elever un abri quelconque doit être autorisé par le maire ou le Commissaire de police, art. 12, p. 49.

T

TABLEAUX indicatifs des noms, prénoms, profession, demeure des entrepreneurs de travaux sur la voie publique, art. 15, 1858, p. 51.

TAPIS, etc. Défense de secouer des tapis, banquettes sur la voie publique et par les fenêtres, art. 11, p 49. — D'étendre du linge ou des effets aux fenêtres ayant vue sur la rue, art. 11, 1858. — Ord. du 1er septembre 1853, p 49.

THÉATRES forains, spectacles de curiosités, tournevires, doivent être autorisés par le Préfet de police et munis d'un permis, art. 14, 1858, p. 50. — Ord. 28 juin 1848; *id.* 6 décembre 1851, p. 50.

TIRS à l'arbalète, au pistolet, à la carabine, jeux de boules, quilles, balançoires, doivent être autorisés par le Préfet de police ou le Commissaire de police, art. 12, 1858. — Ord. 26 avril 1844, 30 juin, 1842, 28 avril 1802, 8 août 1829, p. 50.

TOMBEREAUX ou transports de gravois, terre, fumiers, litières, art. 10, p. 10. — Défense expresse de surcharge, art. 10, p. 10 — Le chargement de chaque tombereau doit avoir 20 centimètres de la terre aux bords.   On doit éviter les fuites, chûtes de matériaux, art. 10, p. 10. — Il est interdit de les déposer par fraude sur la voie publique, art. 10, p. 10·

TRAVAUX de constructions. Doivent commencer immédiatement après la pose des barrières ou échafaudages, art. 27, p. 16. — Ne peuvent être interrompus, art. 27, p. 16. — Sont autorisés les dimanches et fêtes, art. 27, p. 16. — Les ouvriers ne peuvent jeter ou lancer de bas en haut ou de haut en bas des matériaux quelconques, art. 29, p. 16. — Les hommes préposés, lors de réparations sur la voie publique, sont munis d'une règle de 1ᵐ50, art. 30, p. 17. — La réparation par les entrepreneurs, du pavage, des trottoirs, etc., doit suivre de 48 heures l'enlèvement des barrières et échafauds, art. 31, p. 17. — Défense expresse de battre, pulvériser ou passer au crible du plâtre sur la voie publique, art. 32, p. 17.

TUYAUX de poéles et de cheminées. Défense expresse de tolérer en saillie ou non, dans les nouvelles constructions, les bouches de fumée sur la voie publique, art. 74, p. 30. — Suppression immédiate des tuyaux déjà posés, art. 74, p. 30 — Dispositions à prendre pour leur solidité et éviter les fuites d'eau rousse sur la voie publique, art. 74, p. 30. — Motifs à suppression de tuyaux de cheminées, art. 75, p. 31. — Défense de tolérer en saillie quelconque les tuyaux en tôle, en fonte, en grès, en poterie, autre que sur l'entablement, art. 75, p. 31

U

URINOIRS et cuvettes urinoirs. Il est enjoint à tous les débitants de boissons d'en établir soit à l'extérieur, soit à l'intérieur de leurs établissements, art. 2, 1858, p. 46. — De leur disposition en pierre de lave ou cuvettes en fer avec gargouilles jusqu'au ruisseau, art. 2, 1858, p. 46. — Doivent être lavées 3 fois par jour et passées au chlore.—Ord 23 février 1858, 1er septembre 1853. — Défense d'uriner dans les endroits non affectés à cet usage, art. 3. - D'y déposer des matières fécales, art. 3, p. 46. — Défense de laisser les enfants satisfaire leurs besoins sur la voie publique, ord. 29 mars 1854 et 23 février 1850.

V

Verres cassés. — Défense de déposer sur la voie publique des bouteilles, poteries, faïences brisées, art. 7, p. 8. — Ces objets sont remis de la main à la main aux desservants et déposés dans les tombereaux, art. 7, p. 1. —Défense d'en jeter par la fenêtre, art. 7, p. 9.

Vidanges. Dispositions à prendre, art. 21, p.13.—Les propriétaires, locataires, etc., doivent procéder à la vidange des fosses pleines, art. 21, p. 13 — Sont admis spécialement pour ces opérations les entrepreneurs munis d'une permission de la Préfecture de police et d'une autorisation municipale, art. 21, p. 13. — Chaque ouverture et curage de fosse nécessite une permission particulière, art. 21, p. 13. — Ces opérations sont nocturnes, art. 21, p. 13. — Faites par des voitures spéciales, art. 21, p. 13. — Elles commencent en hiver de 10 h. du soir et finissent à 8 h. du matin; en été, à 11 h. du soir et se terminent à 6 h. matin, art. 21, p. 13. — Les matières ne peuvent être extraites avant l'arrivée des voitures, art. 21, p. 13. — Après le curage des fosses d'aisances elles sont visitées, et il est statué sur leur état.

Vidanges (Dépôts). Les matières extraites des fosses ne peuvent être déposées qu'aux lieux désignés, art. 22, p. 13. — L'entrepreneur est responsable des fuites de tonneaux et des dépôts de matières fécales sur la voie publique, art. 22, p. 14. — Leur enlèvement et le lavage du sol est à ses frais, art. 22, p. 14. — En cas de refus ou de retard il y est procédé d'office, art. 22; à sa charge, art. 22, p. 14. — Disposition de l'ordonnance de police du 3 juin 1834, art. 23, p. 14.

Voies publiques et particulières. Les rues pavées ou non qui sont à la charge des propriétaires doivent être entretenues en bon état, art. 43, p. 20. — Doivent combler les excavations, ornières, enfoncements des rues non pavées, art. 44, p. 20 — Doivent enlever les dépôts de gravois, fumiers, ordures, art. 44, p. 20. — Veiller à la libre circulation, art. 44, p. 20. — Sont chargés de l'entretien du sol et de l'écoulement des eaux, art. 44. p. 20. — Sont barrées d'office les rues impraticables pour faute d'entretien, art. 44, p. 20.

VOIRIE. Des constructions autorisées — Non autorisées. — Défense de construire, clore, fouiller, réparer sur les voies publiques sans autorisations municipales, art. 24, p. 14. — Les constructions, réparations doivent s'enclore d'une barrière en saillie de 1m50 de largeur, de 3 mètres de hauteur, art. 25, p. 15. — Doivent être en planches, art. 25, p. 15. — Sont closes la nuit par des portes, art. 25, p. 15. — Munies d'un tableau portant le nom et l'adresse de l'entrepreneur, art. 27, p. 16. —Des dispenses des barrières en cas de crépissages et autres, art. 25, p. 16.

VOITURES suspendues ou non, charrettes, chariots, haquets, tonneaux, ne peuvent stationner le jour sur la voie publique, art. 53, p. 23. — Doivent remiser la nuit dans des terrains clos, art. 53, p. 24. — Sont munies de lanternes et éclairées la nuit lorsqu'il y a abandon par nécessité sur la voie publique, art. 55, p. 24. — Aux frais des propriétaires, entrepreneurs, art. 55. — Défense de laisser stationner des voitures à bras et autres sur la voie publique, art. 16, p. 51. — Dételées, art. 19, p. 51. — Doivent être gardées par une personne de 16 ans au moins, art. 16, 1858, p. 51, ord. 9 mars 1831, 7 août 1851, 21 janvier 1854. — Défense de faire courir, trotter dans les rues, et faire passer sur les trottoirs des voitures, brouettes, chevaux et bêtes de somme.

VOLAILLES Il est interdit d'élever des pigeons, poules et autres volailles dans les habitations et dans les cours, jardins, etc., art. 4, p. 47. — Ne peuvent être autorisés qu'après visite des lieux et y être statué, art. 4, p. 47. — *Idem* dans les rues, places, marchés, etc., art. 4, p. 47.

www.ingramcontent.com/pod-product-compliance
Ingram Content Group UK Ltd.
Pitfield, Milton Keynes, MK11 3LW, UK
UKHW021646130726
13696UKWH00004B/1440